Pantuflas de Perrito, texto de Jorge Lujan e ilustrações de Isol
Edição original: © 2010 Pequeño Editor, Argentina, www.pequenoeditor.com.ar
Este livro foi negociado por intermédio da Agência Literária Sea of Stories, www.seaofstories.com,
Sidonie@seaofstories.com
Copyright © 2012 Autêntica Editora

Título original
Pantuflas de perrito

Ilustrações
Isol

Tradução
Leo Cunha

Edição geral
Sonia Junqueira (T&S - Texto e Sistema Ltda.)

Edição de arte
Diogo Droschi

Revisão
Eduardo Soares

Diagramação
Waldênia Alvarenga Santos Ataíde

Revisado conforme o Acordo Ortográfico da Língua Portuguesa de 1990, em vigor no Brasil desde janeiro de 2009.

Todos os direitos reservados pela Autêntica Editora. Nenhuma parte desta publicação poderá ser reproduzida, seja por meios mecânicos, eletrônicos, seja via cópia xerográfica, sem a autorização prévia da Editora.

AUTÊNTICA EDITORA LTDA.

Belo Horizonte
Rua Aimorés, 981, 8º andar . Funcionários
30140-071 . Belo Horizonte . MG
Tel.: (55 31) 3214 5700

São Paulo
Av. Paulista, 2.073, Conjunto Nacional, Horsa I
11º andar, Conj. 1101 . Cerqueira César
01311-940 . São Paulo . SP
Tel.: (55 11) 3034 4468

Televendas: 0800 283 13 22
www.autenticaeditora.com.br

Dados Internacionais de Catalogação na Publicação (CIP)
(Câmara Brasileira do Livro, SP, Brasil)

Luján, Jorge
  Pantufa de cachorrinho / poemas de Jorge Luján, (com a colaboração de crianças latino-americanas) ; ilustrações de Isol ; tradução de Leo Cunha. -- Belo Horizonte : Autêntica Editora, 2012.

  Título original: Pantuflas de perrito.
  ISBN 978-85-65381-30-7

  1. Ficção - Literatura infantojuvenil I. Isol. II. Título.

12-04455 CDD-028.5

Índices para catálogo sistemático:
1. Ficção : Literatura infantil 028.5
2. Ficção : Literatura infantojuvenil 028.5

Pantufa de cachorrinho

Poemas de Jorge Luján
(com a colaboração de crianças latino-americanas)

Ilustrações de Isol

Tradução de Leo Cunha

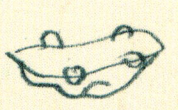
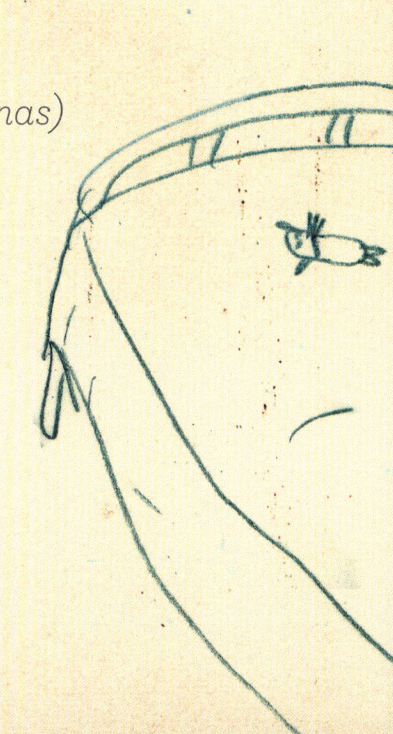

autêntica

Este livro nasceu de um convite surpreendente de chicosyescritores.com (criado por Emilia Ferreiro e dirigido por Marina Kriscautzky e Miriam Martínez) para que eu escrevesse um conjunto de poemas com a participação de crianças latino-americanas, por meio da Internet. Eu proporia um tema, e as crianças mandariam casos, e então eu iria compartilhar com elas a "cozinha" da criação poética. Naquele momento, não imaginei que estava iniciando uma inesquecível experiência humana e criativa, nem que ela chegaria a virar um livro, com a colaboração estusiasta de Isol, minha companheira de tantos projetos.

Jorge

Para minha tia Josefina e seu coração generoso.

Jorge

*Para Simona e Belinda, amigas felinas,
que sabem mais do que o que dizem.*

Isol

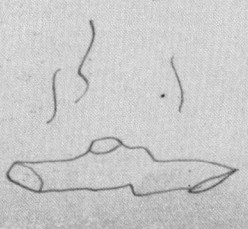
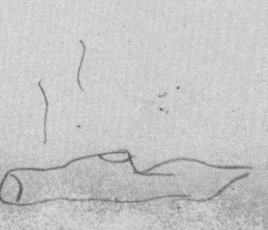

Quero comprar
um poodle toy
pretinho,
menina,
bebê,
chamada Aurora.

Sabe onde ela mora?

Meu macaquinho e eu
somos iguaizinhos,
menos nas patas,
no pelo,
no corpo,
no focinho,
na roupa.
E eu não sou tão fedorento.

O Chuvisco é preto, ocre e amarelo.
Quando chegou era tão pequeno
que cabia na minha pantufa de cachorrinho.

Ele nem lembra
que foi atropelado por uma caminhonete
e que arrumamos pra ele uma caixa
com cobertor e leite fresco.

Agora ficou tão grande
que nem cabe mais no próprio nome.
E como ele uiva quando os bombeiros passam
tocando a sirene a noite inteira!

Minha coelhinha entende a gente:
se você está triste ela logo sente.
Eu sei que ela anda de quatro
e que morde até demais
mas é melhor que as pessoas mais legais.

Eu faço bolhas de sabão e a Mafalda estoura todas com a cauda.

Minha tartaruga Sasha é alegre
                             e verde
                               e lenta,
menos quando despenca
escada abaixo.

Não tem boca de aspirador?
Nem nariz de aspirador?
Nem orelhas de folha?
Nem lombo de sofá?
Nem pernas de foguete?
Nem pegadas redondinhas?
Nem voz de papagaio que tudo repete?

Então não deve ser o meu cachorro.

A marmota rrruge
porque não gosta
de poesia,
e os professores
só ensinam poemas
sem grrraça.

Meu bichinho parece um hamster
e é um hamster.
Tem olhos pequenos,
boca pequena
focinho pequeno,
orelhas pequenas,
tudo pequeno,
muito pequeno,
minipequeno.

Meu
lourinho
fala
e come lentilhas.

É
seu
jeito
de ser feliz.

Em duas patas
parece acrobata,
em quatro
balança a cauda,
em nada
parece almofada.

O que é,
      o que é?

Jorge Luján é um poeta, músico e arquiteto nascido em Córdoba e radicado na Cidade do México, onde escreve textos em poesia e prosa. Seus livros, traduzidos para 11 idiomas, receberam diversos reconhecimentos, como o Prêmio Alberto Burnichon, o de Arte Editorial CANAIEM, o White Ravens, Destacados de ALIJA e Altamente Recomendável da FNLIJ, seção brasileira do IBBY. Também foram candidatos ao CJ Picture Book da Coreia.
www.jorgelujan.com

Isol (Buenos Aires, 1972) é ilustradora e muitas vezes também escritora de seus livros. Com mais de 20 títulos publicados em vários países, sua especialidade é narrar por meio do diálogo entre imagens e textos. Seu trabalho foi reconhecido internacionalmente com o Prêmio Golder Apple, em 2003, e a seleção como finalista do Prêmio Hans Christian Andersen por duas vezes seguidas.
www.isol-isol.com.ar

Leo Cunha (Bocaiúva-MG, 1966) é jornalista, escritor e professor universitário. Fez doutorado em Artes/Cinema na UFMG. Já publicou cinco livros de crônica e mais de 40 infantojuvenis. Também traduziu diversos livros, de autores como Julio Cortázar, Oscar Wilde, Sid Fleischman, Jon Scieszka, entre outros. Seus livros receberam prêmios como o Nestlé, João-de-Barro, Jabuti e FNLIJ.
www.leocunha.jex.com.br

Pantufa de cachorrinho
contou com a colaboração calorosa e criativa de:

Azul Smith Johnson *(9 anos, Guadalupe, Nuevo León, México)*
Clarisa Martínez Lima *(7 anos, Buenos Aires, Argentina)*
Daniela Martínez Hernández *(10 anos, Monterrey, México)*
Jesús Salvador Malo Estrella *(8 anos, DF, México)*
Jorge Eduardo Hersch González *(9 anos, DF, México)*
María del Carmen Vega Martínez *(13 anos, Aguascalientes, México)*
Mauricio Pérez Hernández *(9 anos, DF, México)*
Sebastián García Herrera *(5 anos, DF, México)*
Sol Valeska Ceballos Riebel *(9 anos, Ushuaia, Argentina)*

Para eles e as cerca de cem crianças que escreveram para o chicosyescritores.com, nossa gratidão e alegria.

Esta obra foi composta com a tipografia
Archer e impressa em papel Off set 150 g
na Formato Artes Gráficas para a Autêntica Editora.